# CHANSONS

## ET RONDES

### CHANTÉES A LA FÊTE DU ROI

le 4 Novembre 1828.

# CHANSONS

## ET RONDES

### CHANTÉES A LA FÊTE DU ROI,

LE 4 NOVEMBRE 1828.

## PARIS,

Vᵉ. BALLARD, IMPRIMEUR DE LA PRÉFECTURE DE LA SEINE, RUE J.-J. ROUSSEAU, Nᵒ. 8.

1828.

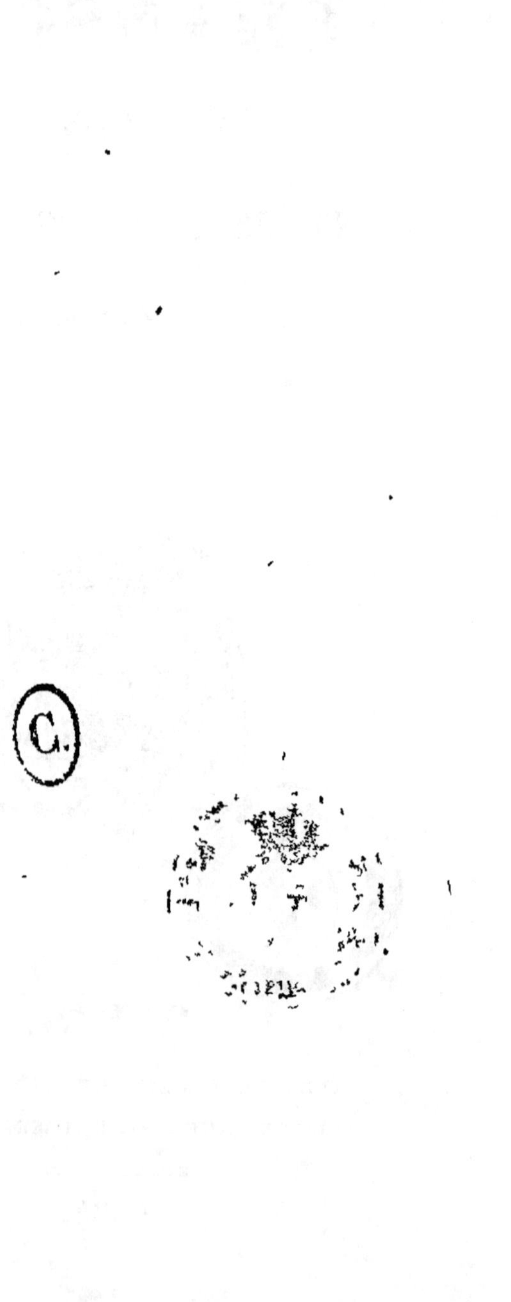

# LA FÊTE DU ROI.

AIR : *Il me faudra quitter l'empire.*

Ah! quel plaisir! et quelle douce ivresse
Je vois partout briller dans tous les yeux!
J'entends les chants de la vive jeunesse,
Et des vieillards j'entends les chants joyeux.
On fête un Roi dont le règne est prospère;
Mais il n'est pas seul objet de nos chants :
Oui, mes amis, la fête d'un bon père
Doit être aussi celle de ses enfans.

De CHARLES-DIX les vertus sont rivales;
Tout son empire est justice et bonté,
Et la douceur de ses faveurs royales
Relève en lui l'auguste majesté.
Au faible, au fort, il est toujours propice;
Chacun par lui peut être protégé;
A l'innocent s'il peut rendre un service,
C'est lui souvent qui dit : « Bien obligé. »
Des Rois chéris de son illustre race
Il a gardé les brillans attributs;
Et chaque jour, heureux, il nous retrace
Et leur génie et leurs nobles vertus.
De ce grand Roi, moi, je suis idolâtre;
Car en fêtant ce Roi vrai chevalier,
Pour la bonté je retrouve HENRI-QUATRE,
Et pour l'esprit je vois FRANÇOIS-PREMIER.

Pour notre ROI que tout Paris s'éclaire !
Qu'il puisse voir les heureux qu'il a faits !
Gais chansonniers, d'un ROI que l'on révère,
Par vos couplets célébrez ses bienfaits.
Témoignons-lui notre reconnaissance,
Et que chacun, du cœur suivant la loi,
Boive à son ROI, par amour pour la France,
Boive aux Français, par amour pour son ROI.

GERSIN.

# RONDE POUR LA SAINT-CHARLES.

AIR : *Quand des ans la fleur printannière.*

Français, en ce jour d'allégresse,
A CHARLES, que nous chérissons,
Prouvons notre joyeuse ivresse....
En avant verres et chansons.

De c' jour en France chacun parle,
En discours comme en gai refrain,
Le cœur bat et le nom de CHARLE,
Suffit seul pour nous mettre en train.

Français, etc.

J'ai fêté le ROI du fond d' l'âme
Quinz' fois depuis quinze ans passés ;

Mais, comm' l' dit fort bien not' femme,
Une fois par an, c' n'est pas assez.

Français, etc.


Il connaît la maxime antique
Du bon HENRI, si généreux :
La véritable politique
C'est de rendre son peuple heureux.

Français, etc.


S'il rencontre dans son voyage
Un malheureux, un affligé,
En bon pèr', quand il le soulage,
C'est lui qui dit : *Bien obligé.*

Français, etc.


Comme lui v'là ma politique,
Dans tout c'qué je dis je suis franc,
Et, quoiqu'en dis' certain critique,
Je ne rougis pas d'être blanc.

Français, etc.


De nos lois le méchant s'écarte,
Pour leur nuire il fait ce qu'il peut ;
Mais, à crier contre la charte,
Il a beau fair', le ROI la veut.

Français, etc.

Du bon HENRI, cher à la France,
Chérissons, défendons les Fils,
Et le bonheur et l'abondance
Renaîtront à l'ombre des lys.

 Français, etc.

En Moré' j's'rais allé sans peine
Augmenter l'nombr' de mes chevrons,
Si c'n'est que je suis capitaine
De cinq et bientôt d' six lurons.

 Français, etc.

En ce jour, dès long-temps prospère,
Abjurons tous ressentimens ;
Prouvons que la fête d'un père
Est celle aussi de ses enfans.

 Français, etc.

C'est pour mieux boire à ses louanges
Que la fête de notre ROI
Vient tout juste après les vendanges :
Or sus, amis, imitez-moi.

 Français, etc.

Lorsque l'on boit à ce bon père,
A son cœur généreux, humain,
On est sûr, la journée entière,
D'avoir la bouteille à la main.

 Français, etc.

5

Qu'un même banquet nous rassemble,
Et, dans un tost sincère et franc,
Pour le Roi, confondons ensemble
Et le vin *rouge* et le vin *blanc*.

Français, en ce jour d'allégresse,
A CHARLES, que nous chérissons,
Prouvons notre joyeuse ivresse.....
En avant verres et chansons!

C. LEFRANC, ancien sapeur<br>de la Garde.

# LA JOURNÉE DU 4 NOVEMBRE.

AIR : *Nos amours ont duré toute la semaine.*

A nos yeux,<br>
Pour nos vœux.<br>
Quel moment prospère!!<br>
Ah! d'un si beau jour<br>
Chantons le retour.<br>
Mais il est trop court<br>
Pour fêter un père;<br>
Les jours de plaisir<br>
Ne devraient pas finir. (bis.)

Quand, dès le matin, le canon qui gronde,
Du bonheur commun instruit tout le monde,
Nous nous disons tous, comptant ses éclats,
Pourquoi tous les jours ne l'entendons-nous pas?

> A nos yeux
> Pour nos vœux, etc.

Mille jeux bruyans attirent la foule,
Et de tous côtés c'est un flot qui roule;
Mais CHARLES sait bien que vers son palais.
Se portent surtout les cœurs des Français. (*bis.*)

> A nos yeux,
> Pour nos vœux, etc.

Quel tableau charmant! là je vois la danse;
Vers la pantomime ici l'on s'élance.
Partout le plaisir proclame sa loi,
Partout le mot d'ordre est: *Vive le Roi!* (*bis.*)

> A nos yeux,
> Pour nos vœux, etc.

A CHARLE aujourd'hui mainte habile langue
Vient, en notre nom, faire une harangue;
Si nous avions tous un semblable honneur,
On nous entendrait lui chanter en chœur: (*bis.*)

> A nos yeux,
> Pour nos vœux, etc.

L'usage, autrefois, jetait sur la place
Quelques saucissons, qu'attrapait l'audace.

Le pauvre , bien mieux secouru chez lui ,
Bénit son monarque et chante aujourd'hui : ( *bis.* )

A nos yeux ,
Pour nos vœux, etc.

Ah! pour redoubler chez nous l'allégresse ,
Était-il besoin d'exciter l'ivresse ,
De verser du vin , lorsqu'en ce séjour
Déjà tout le peuple est ivre d'amour. (*bis.*)

A nos yeux ,
Pour nos jeux, etc.

On sait que jadis un homme    ressource
Du soleil, pour vaincre, arrêta la course.
Ah! que ne peut-on , dans un jour pareil,
Arrêter en France aussi le soleil! (*bis*).

A nos yeux,
Pour nos vœux ,

Mais le soir commence et la nuit s'apprête,
De CHARLES du moins partageons la fête.
Ornons nos maisons de feux éclatans ,
Nos cœurs brûleront pour lui plus longtems. (*bis.*)

A nos yeux,
Pour nos vœux, etc.

Voyez-vous , amis , des Champs-Elysées
S'élever soudain brillantes fusées?

Ce feu *d'artifice* est bien mal nommé,
C'est un feu bien *franc* pour CHARLE allumé. (*bis.*)

A nos yeux,
Pour nos vœux, etc.


Allons, que chacun rentre en son asyle,
Et que ramenant dans son domicile
Sa femme, avec lui cette fois d'accord,
Chacun tendrement lui répète encore : (*bis.*)


A nos yeux,
Pour nos vœux
Quel moment prospère!
Ah! qu'un si beau jour
Anime l'amour!
Mais il est trop court
Pour fêter un père;
Les jours de plaisir
Ne devraient pas finir. (*bis*).

OURRY.

# MA CHANSON.

*Air : Oui, je suis soldat, moi..*

J'aime à chanter le Roi,
  Et c'est, je l'espère,
Un plaisir de bon aloi ;
  Car c'est pour un bon père.
Qui peut compter les bouquets
  Qu'à sa fête on remarque ?
Qui peut compter les bienfaits
  De ce digne Monarque ?

  J'aime à chanter le Roi, etc.

Il a vu les cœurs contens
  Partout dans son voyage,
Et chacun des habitans
  Disait sur son passage :
  J'aime à chanter le Roi, etc.

Objet de tous les honneurs,
  Dans ces pays fertiles,
Il reçut la clé des cœurs
  Avec la clé des villes.

  J'aime à chanter le Roi, etc.

Grace à CHARLES, nos soldats
  Courent à la victoire,

Et, dans de nouveaux combats,
   Ont retrempé leur gloire.

   J'aime à chanter le ROI, etc.
CHARLE aime tous ses sujets
   Avec même tendresse ;
Il suffit d'être Français
   Pour le chérir sans cesse.

   J'aime à chanter le ROI, etc.

Du ROI, le cœur généreux
   Vers nous toujours s'élance,
Et ce Monarque *est heureux*
   *Du bonheur de la France* (1).

   J'aime à chanter le ROI, etc.

Encourageant les beaux-arts,
   Protégeant l'industrie,
Ses pensers et ses regards
   Sont tous pour la patrie.
   J'aime à chanter le ROI, etc.

Ce Prince, plein de bonté,
   Comblant notre espérance,
Permet que la liberté
   Règne partout en France.

   J'aime à chanter le ROI, etc.

Le matin, en m'éveillant,
   Le long de la journée,

______

(1) Paroles de S. M. CHARLES X.

Puis le soir en me couchant,
 Enfin toute l'année,
 J'aime à chanter le Roi,
 Et c'est, je l'espère,
Un plaisir de bon aloi,
 Car c'est pour un bon père.

COUPART.

---

# LA SANTÉ DU ROI.

AIR : *Vaudeville de M. Guillaume.*

Quand nos aïeux voulaient boire à leurs belles,
Avant d'offrir ce tribut mérité,
 A leur Prince, toujours fidèles,
Du Roi d'abord ils portaient la santé.
Nous qui fêtons un bon Roi qu'on révère,
 Rappelons cette antique loi :
En bons Français, buvons le premier verre
 A la santé du Roi.

Ces vaillans preux, orgueil de la patrie,
Aimaient leur Roi, chérissaient leur pays ;
 Aussi ces deux noms, pour la vie,
Se trouvaient-ils dans leur cœur réunis.
Vous, pénétrés du même esprit, je pense,
 Amis, aujourd'hui, croyez-moi,
Buvons encore au bonheur de la France ;
 C'est la santé du Roi.

Dans les combats , aux champs de la Morée,
Voyez voler tous nos braves soldats ;
  Soutiens d'une cause sacrée ,
Leur noble cœur ne se trahira pas.
Et , par malheur , un jour , de la victoire
  S'ils ne pouvaient dicter la loi ,
En expirant , tous ces preux sauraient boire
    A la santé du Roi.

De tous côtés la France , avec ivresse ,
Va par des chants célébrer ce beau jour ;
  Bientôt la publique allégresse
Répétera tous ces doux chants d'amour.
Dans les palais , dans le plus simple asile ,
  Énivré du plus tendre émoi ,
On boit aux champs , à la cour , à la ville ,
    A la santé du Roi.

GERSIN.

---

# VIV' LE ROI !

AIR : *Nos amours ont duré toute une semaine.*

  Viv' le Roi ! viv' le Roi !
    Que cette journée
Nous remplisse encor d'un joyeux émoi !
C'est le jour le plus beau de toute l'année

Le mal est, je crois,
Qu'il ne vient qu'une fois.
Le matin, avant
Qu'aux Champs-Élysées,
Danses en plein vent
Soient organisées,
Dans chaque guinguette on est tous d'accord
Qu'il faut s'humecter les poumons d'abord
Pour pouvoir en chœur, le soir, crier bien fort :

Viv' le Roi ! viv' le Roi ! etc.


En buvant un coup
Hors de la barrière,
Là, l'on veut surtout,
Ah dame ! on veut faire
Ample connaissance, en ces doux instans,
Avec tous les vins, pourvu qu'ils soient *blancs*,
Car il faut au Roi montrer ses sentimens.

Viv' le Roi ! viv' le Roi ! etc.


La femme qu'on a,
Qui gronde et qui crie,
Du moins ce jour-là
Est plus radoucie ;
Ou, pour le plaisir de contrarier,
Si madame encor veut s'égosiller,
On lui dit : ma chère, ensemble il faut crier :

Viv' le Roi, viv' le Roi, etc.

En se rappellant
Chaque circonstance
Qui d'un Roi si grand
Peint la bienfaisance,
Si l'on boit un coup pour chaque bienfait,
Ou pour chaque heureux que son règne a fait,
On finira par se griser tout à fait.

Viv' le Roi ! viv' le Roi ! etc.


Voyez nos maisons
Toutes pavoisées,
Déjà de lampions
Brillent nos croisées ;
Messieurs les buveurs qui s'en sont donné
Ne risquent pas de se casser le né,
Puisque tout Paris doit être illuminé.


Viv' le Roi ! viv' le Roi !
Que cette journée
Nous remplisse encor d'un joyeux émoi !
C'est le jour le plus beau de toute l'année ;
Le mal est, je crois,
Qu'il ne vient qu'une fois.

SIMONIN

# 4 NOVEMBRE — 1828.

## RONDE A CHANTER ET A DANSER.

AIR : *Feu, feu, Monsieur Mathieu.*

Gai, gai, c'est un Bourbon
Qu'on fête
Et ma muse est prête ;
Gai, gai, pour un Bourbon,
Mon cœur n'a jamais dit, non.

Par sa générosité
Du travail il se délasse ;
Sa parole, c'est la grâce,
Son regard, c'est la bonté.

Gai, gai, c'est un Bourbon
Qu'on fête
Et ma muse est prête,
Gai, gai, pour un Bourbon,
Mon cœur n'a jamais dit, non.

Quand il donne à l'indigent,
Il croit lui payer ses dettes ;
Et ses dépenses secrettes,
Sont les bienfaits qu'il répand.

Gai, gai, c'est un Bourbon,
Qu'on fête
Et ma muse est prête,
Gai, gai, pour un Bourbon,
Mon cœur n'a jamais dit, non.

Ce Roi, tendrement chéri,
Si digne de la couronne,
C'est son droit qui nous le donne,
Mais nos cœurs l'auraient choisi.

Gai, gai, c'est un Bourbon,
Qu'on fête
Et ma muse est prête,
Gai, gai, pour un Bourbon,
Mon cœur n'a jamais dit, non.

Il devrait s'accoutumer
A faire plus d'un voyage ;
Il prend les cœurs au passage,
Et l'avoir vu c'est l'aimer.

Gai, gai, c'est un Bourbon,
Qu'on fête
Et ma muse est prête,
Gai, gai, pour un Bourbon,
Mon cœur ne dit jamais, non.

Je souhaite, en bon Français,
Que ce Roi plein de sagesse,
Ressemble à notre tendresse....
Il ne vieillira jamais.

Gai , gai , c'est un Bourbon ,
Qu'on fête
Et ma muse est prête ,
Gai , gai , pour un Bourbon ,
Aucun Français ne dit , non.

D. C.

# LE VOYAGE DE CHARLES X.

*Air du Curé de Pompone.*

CHARLES se dit un beau matin :
Je veux me mettre en route ;
Pour l'Alsace partons soudain ;
On m'y chérit sans doute.
A son retour il s'écria :
J'en avais le présage !
Ah ! il m'en souviendra ,
Larira ,
De ce joli voyage.

Brillantes de grâces , d'appas ,
De jeunes demoiselles
Partout ont semé sur mes pas
Des fleurs fraîches comme elles.
Oui, de ces jeunes filles-là
Ces fleurs m'offraient l'image.
Ah ! il m'en souviendra ,
Larira ,
De ce joli voyage.

Pour le bonheur de mes États,
  Connaissant ma devise,
J'ai vu de nobles magistrats
  Parler avec franch    ;
La vérité, qui me charma,
  Brillait dans leur langage.
  Ah ! il m'en souviendra,
    Larira,
  De ce joli voyage.

L'heure fatale allait sonner
  Pour punir un coupable;
J'eus le bonheur de pardonner:
  En est–il un semblable !
Chez les BOURBONS ce bonheur–là
  Fut goûté d'âge en âge.....
  Ah! il m'en souviendra,
    Larira,
  De ce joli voyage.

Que de verres j'ai fait choquer
  D'une manière adroite !
Dans nos banquets j'ai fait trinquer
  A ma gauche, à ma droite.
Celui–ci, comme celui–là,
  Ma rendu son hommage.
  Ah! il m'en souviendra,
    Larira,
  De ce joli voyage.

J'ai chez d'utiles artisans
  Ramené l'espérance ;
J'ai chez de pauvres paysans
  Adouci la souffrance.
De moi je sais ce qu'on dira
  A la ville, au village....
  Ah ! il m'en souviendra,
    Larira,
  De ce joli voyage.

COUPART et BRAZIER.

# LE PLAISIR DES FRANÇAIS.

AIR : *Vaudeville de Fanchon.*

Aimer, chercher la gloire,
Danser, chanter et boire,
Quand on a ce loisir ;
En toute circonstance
Fêter son Roi, le bien servir,
Eh ! v'là l' plaisir en France !
En France v'là l'plaisir !

Chérir une famille
Où tant de vertu brille,
Et sans cesse bénir
La main que l'indigence
Voit toujours prête à secourir ;
Eh ! v'là l'plaisir en France !
En France v'là l'plaisir !   *....

Content , lorsqu'on voit CHARLE
Heureux ; quand il vous parle ,
On se sent attendrir ;
Gardez de sa présence
Un long et tendre souvenir ;
Eh ! v'là l'plaisir en France !
En France v'là l'plaisir !

Tâcher de lui complaire ,
Et de son bonheur faire
Notre unique désir ;
Mourir pour la défense
D'un trône qu'il sait embellir ;
Eh ! v'là l'plaisir en France !
En France v'là l'plaisir !

Honorer la patrie ,
Protéger l'industrie ,
Que CHARLES fait fleurir ;
Distinguer la vaillance ,
A l'infortune compâtir :
Eh ! v'là l'plaisir en France !
En France v'là l'plaisir !

Il n'est plus de souffrance
Où l'âme à l'espérance
Ne puisse encor s'ouvrir ;
Régnant par la clémence ,
CHARLES fait grâce au repentir :
Eh ! v'là l'plaisir en France !
En France v'là l'plaisir

Buvons à ce bon père !
A son règne prospère !
Et pour nous réjouir,
Du vin en abondance....
Buvons jusqu'à nous étourdir.
Voilà l'plaisir en France !
En France v'là l'plaisir !

SEWRIN.

---

# VIVE LE ROI!

AIR : *Le premier pas.*

Fêtons le ROI
Que la France révère !
Ce nom chéri fait naître un doux émoi.
Unissons-nous en cet instant prospère ;
D'heureux enfans doivent fêter leur père :
Fêtons le ROI !

Aimons le ROI ,
Non pour son rang suprême ;
Aimons en lui son cœur, sa bonne foi ;
Par son regard , il nous le dit lui-même :
« On doit aimer , mes amis , qui nous aime.... »
Aimons le ROI !

Tout pour le ROI,
Notre cœur, notre vie;
Lui tout offrir est pour nous une loi.
Lorsqu'il fait tout pour toi, chère patrie!
Chacun de nous avec amour s'écrie:
Tout pour le ROI!

De ce bon ROI,
Croyez à la puissance;
Frondeurs chagrins, n'ayez aucun effroi;
Les arts, l'honneur ont leur asyle en France.
Et que faut-il pour guide à la vaillance?....
Le nom du ROI!

Le nom du ROI
Conduisit à la gloire
Nos bataillons aux champs de Fontenoi;
S'il le fallait, tout Français doit le croire,
Nous marcherions encor à la victoire,
Au nom du ROI!

Vive le ROI!
Partout, l'âme enivrée,
Nos vieux soldats, dans un gai désarroi,
De l'Ibérie aux champs de la Morée,
De ce beau cri charment chaque contrée:
Vive le ROI!

Vive le ROI!
Je n'en veux pas démordre;

Ce refrain est toujours nouveau pour moi.
Pour les amis de la France et de l'ordre,
Il fut, il est, il sera le mot d'ordre :
Vive le Roi !

P. Ledoux.

# A LA SANTÉ DU ROI !

Air : *Verse, verse encore* (des Deux Créoles).

Partout on verse rasade,
On chante, on danse à la fois ;
Nous aussi, mon camarade,
Chantons le meilleur des Rois ;
Luttant d'amour et de zèle,
Fêtons ce Charles chéri,
Dont l'air affable rappelle
Tous les traits du bon Henri :
Que mon verre à l'instant d'un vin vieux se colore !
Je veux boire (*bis*) à sa santé.

Verse, verse, verse encore,
Je veux boire à sa bonté ;
Verse, verse, verse encore,
Je veux boire à sa santé,
Je veux boire à sa bonté,
Je veux boire à sa santé.

Renommé par ses prouesses,
Cet Alexandre-le-Grand,
Qui mit les *Perses en pièces*,
Ne fut qu'un vain conquérant.
Agissons dans l'ordre inverse,
Et pour CHARLE, en ce beau jour,
Mettons les *pièces en perce*,
Que le vin coule à son tour :
De nos verres du moins le bruit doux et sonore
Nous excite ( *bis* ) à la gaîté :

Verse, verse, verse encore,
Je veux boire à sa bonté,
Verse, verse, verse encore,
Je veux boire à sa santé ! ( *ter.* )


J'ai servi, j'ai fait la guerre,
J'ai défendu nos drapeaux ;
Maintenant époux et père,
Je jouis d'un doux repos ;
Mais prudente sentinelle,
Je veille et suis toujours là...
Que CHARLES-DIX me rappelle,
CHARLES-DIX me trouvera.
Fier du titre charmant dont tout Français s'honore,
Je répète ( *bis* ) transporté :

Verse, verse, verse encore,
Je veux boire à sa bonté,

Verse, verse, verse encore,
Je veux boire à sa santé !
Je veux boire à sa bonté !
Je veux boire à sa santé !

SEWRIN.

# LA SECONDE ROYAUTÉ.

AIR : *Pégase est un cheval qui porte.*

La bienfaisance, amis, s'apprête
A sécher en tous lieux des pleurs !
Ainsi l'on prélude à la fête
Du *Bien-Aimé* de tous les cœurs !
Toujours se montrer secourable
De CHARLES fut la volupté :
Tel est le signe inaltérable
D'une seconde royauté.

Même au sein de l'humble chaumière
Sa fête vient tout ranimer ;
C'est celle du plus tendre père :
On se livre au besoin d'aimer !

Ah! lorsque la grande famille
Tient de lui sa félicité,
Sur la tête de Charles brille
Une seconde royauté.

Du plus auguste diadème
Décerné par le Roi des rois,
Dans sa race le ciel, lui-même,
Assura pour jamais les droits.
Doublement ils sont légitimes,
Puisque les vertus, la bonté
Y joignent les titres sublimes
D'une seconde royauté.

Tous les Français, orgueilleux d'être
Sujets du plus chéri des rois,
Savent, servant un si bon maître,
Qu'ils servent la gloire et les lois.
Lorsque des lis, par la vaillance,
Charles soutient la majesté,
Il voit, dans la paix, l'abondance,
Une seconde royauté.

Doux, affable, dans nos provinces
Cherchant des maux à réparer,
Naguère il enseignait aux princes
Comment on se fait adorer;
Image de la Providence,
Il apprit du peuple enchanté
Que l'amour donne la puissance
D'une seconde royauté.

L'église, en lui, France chrétienne,
Bénit le premier de ses Fils !
Si ta foi toujours est la sienne,
Celle de Clotilde et de Clovis :
Avec les BOURBONS, d'âge en âge,
Grandeur, sagesse et piété,
Éterniseront, sans nuage,
Une seconde royauté.

J. DUSAULCHOY.

# VIVE LE ROI !

AIR : *Oui, je suis soldat, moi.*

Vive le Roi ! voilà
Toute ma science,
C'est l' cri qui d'main mettra
En danse
Toute la France.

En avant, joyeux lurons,
Chantons not' bon Roi CHARLE,
Y a d' l'esprit dans les chansons
Quand c'est le cœur qui parle.

Vive le Roi ! voilà
Toute ma science ;

C'est l' cri qui d'main mettra
En danse
Toute la France.

A la ville ainsi qu'aux champs,
Pour l'honneur d' la patrie,
CHARLE honore les talens,
Fait fleurir l'industrie.

Vive le Roi ! voilà
Toute ma science ;
C'est l' cri qui d'main mettra
En danse
Toute la France.

L' malheureux r'çoit ses bienfaits :
Fier au sein d' sa misère,
Un fils rougit—il jamais
Des bienfaits de son père ?

Vive le Roi ! voilà
Toute ma science ;
C'est l' cri qui d'main mettra
En danse
Toute la France.

Tant qu' la grêle détruira
L'asyle de nos pères,
La main d' CHARLES-DIX s'ra là
Pour rel'ver nos chaumières.

Vive le Roi ! voilà
Toute ma science ;
C'est l' cri qui d'main mettra
En danse
Toute la France.

De bon cœur, mes chers amis,
Buvons, pour fair' merveilles,
Aux vertus de CHARLES-DIX
J' vid'rons tout's nos bouteilles.

Vive le Roi ! voilà
Toute ma science ;
C'est l' cri qui d'main mettra
En danse
Toute la France.

GERSIN.

---

# LA FÊTE DE LA FRANCE.

*Air de la Sentinelle.*

Ivre de joie, en ce jour radieux,
Je vais courir quai, boulevard et place ;
Tous les Français, moi je trinque avec eux,
Chaque Française, il faut que je l'embrasse ;
Puis, je leur dis : c'est nous tous, jarnigoi !

Que l'on célèbre en cette circonstance ;
    Car, mes bons amis, selon moi,
    Lorsque c'est la fête du Roi,
    C'     celle de toute la France.

Vive le Roi ! forme un concert vocal ;
Vive le Roi ! forme au cœur, à l'oreille,
Un chant français, un chant national ;
Bref, c'est un cri qui fait toujours merveille !
Si ce cri-là, parti d'un doux émoi,
Vaut seul un trait de brillante éloquence,
    Je vais vous dire le pourquoi,
    C'est que crier vive le Roi !
    C'est bien crier vive la France !

Du *Domine salvum*, à Saint-Laurent,
Quelqu'un cherchait la traduction claire ;
C'est, répondis-je au chercheur ignorant,
C'est pour l'État qu'on fait cette prière ;
Oui, quand chacun, d'une fervente foi,
Du ciel implore en ce jour l'assistance,
    Cela nous comprend tous, je crois ;
    Car enfin, prier pour le Roi
    C'est prier pour toute la France !

SIMONIN.

# LE RIEUR ou M. TANTPIRE.

Air : *Turlurette, ma tante, urlurette.*

V'là la fêt' d' not' bon Roi ,
C'est l' temps où j'suis joyeux , moi :
Partout la gaîté m'inspire ,
    J'aime à rire ,   (*bis.*)
       Rire
   Et toujours rire.

Viv' le Roi ! viv' les Bourbons !
C'est d' ces jolis carillons
Qu' j'étourdis tout l'monde : — Tant pire ,
    Il faut rire ,   (*bis.*)
       Rire
   Et toujours rire.

L'Opéra m' don'ra gratis ,
Monsieur Œdipe et son fils ,
Ça n' m'amus'ra pas : — Tant pire ,
    Il faut rire ,   (*Lis.*)
       Rire
   Et toujours rire.

Au mât d' Cocagne un paysan ,
Tout près du couvert d'argent ,

Retomb'ra sur son.... Tant pire,
Il faut rire,   (*bis.*)
Rire
Et toujours rire.

Chaqu' femme que j' f'rai danser,
Je la f'rai si bien valser,
Qu' son mari sum'ra : — Tant pire,
Il faut rire,   (*bis.*)
Rire
Et toujours rire.

A la fêt' quelques bonn's gens,
Croiront trouver du beau temps ;
Et s'ils sont mouillés : — Tant pire,
Il faut rire,   (*bis.*)
Rire
Et toujours rire.

GERSIN.

---

# LE MODÈLE DES ROIS.

AIR : *Je t'aimerai* ( de Blangini ).

Si j'étais Roi !
Comme la Providence,
Apparaissant après un temps d'effroi,

Je porterais en tous lieux l'abondance,
Et mes sujets béniraient ma présence,
        Si j'étais Roi !   (*bis.*)

        Si j'étais Roi !
    D'une main juste et ferme
Je soutiendrais le glaive de la loi ;
Des longs débats j'étoufferais le germe,
Et la discorde aurait enfin son terme ,
        Si j'étais Roi !   (*bis.*)

        Si j'étais Roi !
    Déployant ma bannière ,
J'appellerais l'honneur auprès de moi ;
Et les abus qui désolent la terre
Me verraient prompt à leur faire la guerre,
        Si j'étais Roi !  (*bis.*)

        Si j'étais Roi !
    Pieux autant que brave ,
Sur l'Océan combattant pour la foi ,
J'irais briser les fers d'un peuple esclave ;
La Grèce alors fleurirait sans entrave ,
        Si j'étais Roi !   (*bis.*)

        Si j'étais Roi !
    Tout un peuple fidèle
Serait jaloux de vivre sous ma loi ,
Et j'obtiendrais une gloire immortelle,
Car je prendrais CHARLES-DIX pour modèle
        Si j'étais Roi !   (*bis.*)

                    CHARLES FACIOT.

# LETTRE DE PHILIPPIN,

CANONIER DE STRASBOURG,

## A SON PÈRE.

AIR *de la Catacoua.*

Salut, mon respectable père,
Comment ça va-t-il? — Ça va bien,
Tant mieux; mais c'est une autre affaire
Qui va causer notre entretien:
A m'écouter faut vous résoudre,
Votre vieux cœur va rajeunir,
  Et s'attendrir,
  Et s'épanouir,
Quand votre fils vous prouv'ra, sans mentir,
Qu' s'il n'a pas inventé la poudre,
Il sait joliment s'en servir!

Le ROI vient d'répandre en Alsace
Du bonheur dans tous les quartiers;
L' plaisir, qui circulait en masse,
Est venu jusqu'aux canoniers;
Car Sa Majesté, qu'est si bonne,
A fait un' visite chez nous:

Nous étions tous
Au rendez-vous,
En grand' tenue et le cœur sens d'ssus d'ssous,
Lui j'ttant d' l'encens du polygone,
Et pour lui faisant les cent coups.

L' Princ' voulant juger notre adresse,
Et récompenser not' talent,
Ordonne qu'on charge une pièce,
Et qu'on tir' sur un but en blanc.
Au vainqueur il donnait lui-même,
Un Louis d'or bien enluminé;
J' fus étonné,
Et j' soupçonnai
Qu' si par hazard il en avait donné
Autant à chaqu' soldat qui l'aime,
Le ROI s' trouvait un homm' ruiné.

Quand vint mon tour d'entrer en lice,
J' tremblais; il était auprès d' moi!
Pourtant je lâch' mon artifice,
Et j'arriv' droit au but, ma foi;
Il m' donn' vingt francs pour prix d' ma bombe,
Mais à terr' roule un autr' ducat;
Moi pas ingrat,
Et délicat,
J' ramass' la pièc' pour la rendr' sans éclat;
Mais il m' dit: *Conscrit, tout c' qui tombe*
*Dans l' fossé, c'est pour le soldat* (1).

(1) Propres paroles du Roi, adressées à un canonier du polygone
de Strasbourg

Vous devez ben penser, mon père,
Qu'on n' désobéit pas au Roi;
J'ai gardé l'*jaunet*, et j'espère,
Que j' vais en faire un bon emploi :
J' vous l'envoie ainsi qu'à ma mère,
Et j'invit' mon oncle et ma sœur,
  Le percepteur
  Et le sonneur,
L' jour de SAINT—CHARLE à s'unir de bon cœur,
Pour boire la somm' tout entière
A la santé du Bienfaiteur.

    Signé *Philippin.*

  Pour copie conforme : ROCHEFORT.

# LA FRANCE ET LE ROI BIEN-AIMÉ.

AIR : *Il faut partir, Agnès l'ordonne.*

Venez partager mon délire,
Mes nombreux et joyeux enfans;
Saisissez la harpe et la lyre,
L'amour nous prête ses accens.
C'est l'amour qu'on sent pour un père
Qui nous rend heureux aujourd'hui,
L'amour d'une famille entière
Qui veut vivre et mourir pour lui.

Je le chéris avec ivresse ;
Il est l'objet de tous mes vœux ;
Il a pour moi même tendresse ,
Et nous nous aimons tous les deux.
Partout , partout on le révère ,
Et l'on bénit sa douce loi.
Je le possède , j'en suis fière ;
Il est fier de régner sur moi.

C'est un trésor inépuisable
Et de douceur et de bonté ;
C'est le Français le plus aimable ,
Le plus digne d'être fêté.
Enfans , que rien ne vous arrête ;
Que , par le plaisir animé ,
Un peuple entier chante la fête ,
La fête de mon bien aimé.

Aux nobles vertus dont je parle ,
Chacun déjà l'aura nommé ,
Et j'entends crier : VIVE CHARLE !
Vive cent fois le bien aimé !
O mon amour ! mon espérance !
Tourne tes doux regards sur moi ;
Aime toujours ta bonne France
Comme elle chérit son bon Roi.

C.-J. ROUGEMAITRE.

# RONDE POPULAIRE

AIR : *Mesd'moiselles, voulez-vous danser ?*

Mes amis,
CHARLES nous a mis
En goguette
Pour sa fête ;
Que tous nos débats soient finis ;
N , i , ni , soyons tous unis.

Nous avons vu l'aristocrate
S' qu'reller avec le démocrate ;
Plus tard , en guerre on rencontra
Le libéral avec l'ultra.
Mes amis , etc.

Que le r'pos , à tous nécessaire ,
Et nous rapproche et nous resserre ;
Ne disputons plus , j' vous le dis ,
Que d' dévoûment pour CHARLES-DIX.
Mes amis , etc.

Au sein d'une gaîté parfaite ,
Quand d' CHARL' nous célébrons la fête ,

Aujourd'hui c'est notre accord *qu'est*,
A ses yeux, l' plus joli bouquet.
  Mes amis, etc.


Moi, j' disais à ceux qui naguère
A c'te fête ne riaient guère :
Pourquoi nous manger l' blanc des yeux ?
Est-c' que boire un coup n' vaut pas mieux ?
  Mes amis, etc.


Sa fête arrive à la vendange ;
N' laissons pas d' bouteill' en vuidange ;
Et puisqu'*in vino veritas*,
Prouvons-lui not' *sinceritas*.
  Mes amis, etc.


Partout sa fêt' s'ra célébrée,
Et l' quat' novembr', dans la Morée,
Nos soldats et leur général
Aux Turcs auront donné le bal.
  Mes amis, etc.


Mais comm' c'est un' chose physique
Que pour un bal faut d' la musique,
Les Turcs reconnaîtront l' crincrin
Qui ronflait l'jour de Navarin.
  Mes amis, etc.


Quand il admit, d'un air aimable,
La gauche et la droite à sa table,

Est-c' qui' n' disait pas à chacun
Qu' tous les partis n'en f'saient plus qu'un ?
Mes amis,
CHARLES nous a mis
En goguette
Pour sa fête ;
Que tous nos débats soient finis ;
N , i , ni , soyons tous unis.

COUPART et BRAZIER.

# LA FÊTE DE LA FRANCE.

AIR : *Toi qui connais les hussards de la garde.*

C'est aujourd'hui la fête de la France,
Unissons tous et nos cœurs et nos voix,
Chantons, chantons notre reconnaissance
Et notre amour pour le meilleur des Rois.

Respect au front paré du diadême,
Amour fidèle au Roi plein de douceur,
Qui ne se sert de son pouvoir suprême
Que pour ouvrir les tresors de son cœur.

C'est aujourd'hui, etc.

Il n'a rien fait tant qu'il lui reste à faire
Pour assurer notre félicité ;
Dans nos cités et sous l'humble chaumière
Le malheureux espère en sa bonté.

    C'est aujourd'hui, etc.

Vous l'avez vu parcourir nos provinces
En voyageant sous des arcs triomphaux,
Et pour fêter ce modèle des Princes,
L'amour ornait jusqu'aux moindres hameaux.

    C'est aujourd'hui, etc.

Les bons Lorrains, pressés sur son passage,
L'admiraient tous et ne s'en lassaient pas ;
A la bonté peinte sur son visage,
Ils croyaient voir son aïeul Stanislas.

    C'est aujourd'hui, etc.

Que l'Éternel, qui protége la France,
Veille sur lui, le conserve long-temps ;
S'il fut toujours notre douce espérance,
Qu'il soit encor l'espoir de nos enfans.
    C'est aujourd'hui la fête de la France,
Unissons tous et nos cœurs et nos voix,
Chantons, chantons notre reconnaissance
Et notre amour pour le meilleur des Rois.

C. J. ROUGEMAITRE.

# CRI FRANÇAIS.

*Air du premier pas.*

Le jour paraît, une secrète ivresse
Soudain m'anime et s'empare de moi ;
De tous côtés on s'agite, on s'empresse,
Chacun s'écrie en signe d'allégresse :
            Vive le ROI !
            Vive le ROI !

Près du palais de nos Rois on s'arrête ;
Dans l'air au loin résonne le beffroi ;
Aux jeux, aux chants tout un peuple s'apprête :
Ah ! je le vois, c'est aujourd'hui la fête
            De notre ROI,
            De notre ROI.

Sur mille points de cette belle France,
De nobles cœurs, fiers d'une antique foi,
Enorgueillis d'une auguste présence,
Ont dit aussi, pleins d'amour, d'espérance :
            Vive le ROI !
            Vive le ROI !

Au calme heureux dont nous goûtons les charmes,
S'il succédait un seul moment d'effroi ;

Chacun de nous , même au sein des alarmes ,
Dirait encore en volant à ses armes :
   Vive le Roi !
   Vive le Roi !

Preux chevalier , Roi chrétien qu'on adore ,
Oui , les Français sont égaux devant toi ;
Toujours le faible avec succès t'implore ,
Le condamné peut même dire encore : (1)
   Vive le Roi !
   Vive le Roi !

F. DE CROMIÈRES ,

*(Capitaine de la Gendarmerie royale de Paris,
Chevalier des Ordres royaux et militaires
de St-Louis et de la Légion d'Honneur.*

---

# LE PLAISIR D'UN BON ROI.

Du Souverain chacun brigue un sourire ,
L'essaim des cours l'assiége à flots pressans :
Arts et talens célèbrent son empire ,
Et pour lui brûle un éternel encens.

(1) Allusion aux grâces accordées (par S. M. dans son voyage en Alsace.

De son pouvoir le monde est tributaire,
Mais vainement tout fléchit sous sa loi ;
Se faire aimer fut toujours sur la terre
    Le plaisir d'un bon Roi (*bis*).

De ce plaisir, qui flatte une grande âme,
Enivre-toi, CHARLES-LE-BIEN-AIMÉ !
De tes vertus, que l'univers proclame,
C'est l'heureux prix, et ce prix t'a charmé.
Lorsque, naguère, au bruit de ton passage,
Les cœurs émus volaient autour de toi,
Le tien goûta, dans ce touchant hommage,
    Le plaisir d'un bon Roi (*bis*).

Dieu ! quelle foule à tes pas attachée !
Quels cris joyeux redits par les échos !
De fleurs partout la terre s'est jonchée,
Et ton char fuit sous les arcs triomphaux.
Tant de bienfaits que ta bonté dispense
En doux tributs sont transformés pour toi ;
Ton peuple ainsi t'offrit pour récompense
    Le plaisir d'un bon Roi (*bis*).

Par Mlle. L******.